LA MUSE

DE

DÉSAUGIERS.

Chansons, — Chansonnettes,
Scènes comiques, - Couplets, - Rondes,
Romances, - Barcarolles,
Vaudevilles.

AVIGNON,
OFFRAY AINÉ, IMPRIMEUR-LIBRAIRE.

1838

LA MUSE

DE

Désaugiers.

LE CODE ÉPICURIEN.

Air : *Quand Biron voulut danser.*

ARTICLE 1er.

Santé, joie, *et cœtera*
A qui ces statuts lira : } (*bis.*)
C'est du divin Épicure
La morale toute pure,
　Et remise à neuf
　Pour 1859. } (*bis.*)

ART. II.

Ordre à tout Épicurien
De ne s'affliger de rien ;
Fils heureux de la Folie,
Rien n'aura droit, dans la vie,
　De le chagriner,
　Qu'un mauvais dîner.

ART. III.

D'une femme quand l'épou
Sera quinteux et jaloux,
L'Épicurien de la belle
Embrassera la querelle,
    Et la vengera
    Le mieux qu'il pourra.

ART. IV.

Ordonnons que , le matin ,
Quiconque aura soif ou faim
Se contente d'une pinte
Et d'un jambonneau , de craint
    Que le déjeuner
    Ne nuise au dîner.

ART. V.

S'il se trouvait un voisin
A la jalousie enclin ,
Il sera réputé traître ;
Mais nous lui permettons d'être
    Jaloux de celui
    Qui boit plus que lui.

ART. VI.

L'Épicurien qu'un censeur
Blâmera d'être buveur,
A son style maigre et fade

Jugeant son esprit malade,
　Doit, par charité,
　Boire à sa santé.

ART. VII.

L'Épicurien se dira,
Quand sa tête blanchira :
« Dois-je à l'heureuse jeunesse
Reprocher sa folle ivresse ?
　Ne crions pas tant,
　J'en ai fait autant. »

ART. VIII.

Quand son heure sonnera,
Sur sa tombe on inscrira :
Ci gît un fils d'Épicure,
Qui, malgré dame Nature,
　Certe, aurait vécu
　Plus... s'il avait pu.

ART. IX.

Fait au temple où chaque jour,
Épicure tient sa cour ;
Publié ce vingt décembre,
Au banquet de la grand' chambre,
　Par-devant Comus,
　Bacchus et Momus.

MORALITÉ.

Air *du Bouffe et du Tailleur.*

Enfans de la folie,
    Chantons ;
Sur les maux de la vie
    Glissons ;
Plaisir jamais ne coûte
    De pleurs ;
Il sème notre route
    De fleurs.
Oui, portons son délire
    Partout...
Le bonheur est de rire
    De tout.
Pour être aimé des belles ,
    Aimons ;
Un beau jour changent-elles ,
    Changeons.
Déjà l'hiver de l'âge
    Accourt ;
Profitons d'un passage
    Si court ;
L'avenir peut-il être
    Certain ?
Nous finirons peut-être
    Demain.

LE NOIR.

Air *de la Sauteuse.*

Du matin au soir
Le noir
Joint l'éclat à la grâce :
Dans toute saison
Le noir, dit-on,
Est de bon ton.
On se met en noir
Lorsqu'on va voir
Les gens en place,
Le juge est en noir
Quand sur son siége
Il va s'asseoir.

Le noir
Fait valoir
Dans le miroir
Un sein de neige ;
Auteur
Et docteur
Ont adopté cette couleur.
C'est en habit noir
Que l'on épouse ce qu'on aime ;
Maint drame le soir

Nous a fait voir
Thalie en noir.

Suit-on un cercueil,
Le noir du deuil
Offre l'emblème,
Et c'est la couleur
Qu'au bal aime plus un danseur.
Bref, le noir
S'allie
Au desespoir,
A la folie,
Et sous cet habit
On juge, on danse, on pleure, on rit.

JEAN QUI PLEURE ET JEAN QUI RIT.

Air *du vaudeville* du Remouleur et de la Meunière.

Il est deux Jean dans ce bas monde
Différents d'humeur et de goût ;
L'un toujours pleure, fronde, gronde.
L'autre rit partout et de tout.
Or, mes amis, en moins d'une heure
Pour peu que l'on ait de l'esprit,
On conçoit bien que Jean qui pleure
N'est pas si gai que Jean qui rit.

Aux Français une tragédie
A-t-elle éprouvé quelque échec,
Vite, d'une autre elle est suivie :
Le public la voit d'un œil sec ;
L'auteur en vain la croit meilleure ;
On siffle... son rêve finit...
Dans la coulisse est Jean qui pleure,
Dans le parterre est Jean qui rit.

Jean-Jacques gronde et se démène
Contre les hommes et leurs mœurs ;
La gaîté de Jean La Fontaine
Epure et pénètre les cœurs ;
L'un avec ses grands mots nous leurre ;
De l'autre un rat nous convertit :

Nargue, morbleu, du Jean qui pleure !
Vive à jamais le Jean qui rit !
Dupe d'une fausse caresse,
Foricourt, ivre de désirs,
Saisit la coupe enchanteresse
Qu'un Dieu fripon offre aux plaisirs.
En riant l'imprudent l'effleure,
Il la savoure, il la tarit :
Et le lendemain Jean qui pleure
Succède, hélas ! à Jean qui rit.
Jean, porteur d'eau de la Courtille,
Un soir se noya de chagrin ;
Un autre Jean, jeune et bon drille,
Tomba mort ivre un beau matin,
Et sur leur funèbre demeure
On grava, dit-on, cet écrit :
« Le ciel fit l'eau pour Jean qui pleure,
Et fit le vin pour Jean qui rit. »
Auprès d'un vieux millionnaire
Qui va dicter son testament,
Le Jean qui rit est en arrière,
Le Jean qui pleure est en avant,
Jusqu'à ce que le veillard meure
Il reste au chevet de son lit,
Est-il mort, adieu Jean qui pleure ;
On ne voit plus que Jean qui rit.

Professeurs dans l'art de bien vivre,
Dispensateurs de la santé,
Vous que ne cessent pas de suivre
Et l'appétit et la gaîté,
Ma chanson est inférieure
A tout ce qu'on a déjà dit,
Et je vais être Jean qui pleure
Si vous n'êtes pas Jean qui rit.

HYMNE A LA GAITÉ.

Air : *Fuyant et la ville et la cour* (*de* M Guillaume)

Quand de l'amour et des plaisirs
L'essaim brillant nous environne,
A la Gaîté, dans nos loisirs,
Amis, tressons une couronne :
Ce devoir si cher à nos cœurs
Nous ne pouvons le méconnaître ;
Comment lui refuser des fleurs,
Quand sous nos pas elle en fait naître. *bis.*

De l'amour avec nos beaux ans
L'illusion nous est ravie ;
Mais la Gaîté change en printemps
L'hiver même de notre vie ;
Elle adoucit tous nos regrets
Par les plus riantes images ;
Elle est enfin par ses bienfaits

La volupté de tous les âges.

L'homme que soutient la Gaîté
Se rit du coup qui le menace ;
C'est d'elle aussi que la beauté
Tient son coloris et sa grâce.
De la Gaîté le doux attrait
Embellit jusqu'à la sagesse ;
De l'enfance elle est le hochet,
Et le bâton de la vieillesse.

Il n'est donné qu'à la vertu
D'éprouver son heureux délire ;
Lorsque le cœur est corrompu,
La bouche peut-elle sourire ?
Cette aimable sérénité
De l'innocence est la parure ;
Une belle âme sans gaîté
Serait un printemps sans verdure.

O Gaîté, doux charme des cœurs,
A mon bonheur toi qui présides,
Puisse un jour ta main sous les fleurs,
De mon front me cacher les rides !
Brillante des mêmes appas
Qui me charmaient à mon aurore,
Laisse-moi mourir dans tes bras, *bis.*
Et je me croirai jeune encore.

LE DÉLIRE BACHIQUE.

Air : *Pomm's de reinette, pomm's d'api*

Quand on est mort, c'est pour longtet.
Dit un vieil adage
Fort sage ;
Employons donc bien nos instants .
Et contents ,
Narguons la faux du Temps.

De la tristesse
Fuyons l'écueil ;
Évitons l'œil
De l'austère Sagesse.
De sa jeunesse
Qui jouit bien ,
Dans sa vieillesse
Ne regrettera rien.
Si tous les sots ,
Dont les sanglots ,
Mal à propos ,
Ont éteint l'existence ,
Redevenaient
Ce qu'ils étaient ,
Dieu sait , je pense ,
Comme ils s'en donneraient.
Quand on est mort, etc.
Pressés d'éclore ,

Que nos désirs ,
Que nos plaisirs
Naissent avec l'aurore ;
Quand Phébus dore
Notre réduit ,
Chantons encore ,
Chantons quand vient la nuit :
Des joyeux sons
De nos chansons
Étourdissons
La ville et la campagne ,
Et que , moussant
A notre accent ,
Le gai champagne
Répète en jaillissant :
Quand on est mort , etc.
Jamais de gêne ,
Jamais de soin ,
Est-il besoin
De prendre tant de peine ,
Pour que la haine ,
Lançant ses traits ,
Tout à coup vienne
Détruire nos succès ?
Qu'un jour mon nom
De son renom
Remplisse ou non

Le temple de mémoire ,
 J'ai la gaîté ,
 J'ai la santé ,
 Qui vaut la gloire
De l'immortalité. Quand, etc.
 Est-il monarque
 Dont les bienfaits ,
 Dont les hauts faits
Aient désarmé la Parque ,
 Le souci marque
 Leur moindre jour ,
 Et puis la barque
Les emporte à leur tour.
 Je n'ai pas d'or ,
 Mais un trésor
 Plus cher encor
Me console et m'enivre ;
 J'aime, je bois ,
 Je plais parfois ;
 Qui sait bien vivre
Est au-dessus des rois.
 Au lit, à table ,
 Aimons , rions ,
 Puis envoyons
Les affaires au diable. Quand, etc.
 Juge implacable ,
 Sot chicaneur ,

Juif intraitable,
Respectez mon bonheur.
Je suis, ma foi,
De mince aloi;
Épargnez-moi
Votre griffe funeste...
Sans vous, hélas!
N'aurai-je pas
Du temps de reste
Pour me damner là-bas. Quand, etc.

Quand le tonnerre
Vient en éclats
De son fracas
Epouvanter la terre,
De sa colère,
Qu'alors pour nous
Le choc du verre
Amortisse les coups.
Bouchons, volez!
Flacons, coulez!
Buveurs, sablez!
Un dieu sert les ivrognes.
Au sein de l'air,
Que notre œil fier,
Nos rouges trognes
Fassent pâlir l'éclair.
Quand on est mort, etc.

CADET BUTEUX

AU SPECTACLE DES CHIENS SAVANTS.

Air : *Ton humeur est, Catherine.*

Hier, j'on vu c'te nouvell' salle,
Là z'où c' que, vantez-vous-en,
Olivier z' et la Vestalle
N' sont, morgué, que d' la Saint-Jean.
Pour voir d's homm's ou d's automates,
Je n'aurions, jarni, point payé ;
Mais c'est d's artis's à quat' pattes,
Et qui n' se mouch'nt pas du pié.

Qui sort de c'te toi' fendue ?
Une valseuse, ah ! qu'elle est bien !
Mais si j' nous pas la berlue,
J' crais qu'elle a z'un museau d' chien.
Dieu m' pardonne ! à sa tournure,
Je n' l'aurions point deviné...
Si l'enfant n' sent pas la m'sure,
C' n'est pas faut' d'avoir du né.

Dans un' forêt d' chaises de paille
Un autr' chien voudrait percer ;
Comme il court, jappe et s' travaille,
A c'te fin-d' la traverser !
Bref, il fait tant qu'il pénètre

D' part en part c'te muraille-là ;
Et m'est avis qu'il faut z'ètre
Un artis' à poil pour ça.

V'là z'un soldat qui déserte ;
Six chiens lui fris'nt les mollets...
On l' saisit , il s' déconcerte ;
Zeste , on li fait son procès ;
Et l' déserteur qu'on canarde ,
Tomb' raid' mort d' la premièr' main ,
Comme s'il avait , par mégarde ,
Mangé z'un' boulette en ch'min.

L'un s' met deux pieds en écharpe ,
Et court plus vite que l' vent...
Ravel , avec ses sauts d' carpe ,
En aurait-il fait z'autant ?
Un aut' vient danser l'all'mande ,
Et d' tous les canich's qu'on voit ,
Pas un qui , lorsqu'on l' demande
N' sach' son rôl' sur l' bout du doigt.

Et c't aut' mâtin qui s' cramponne
Sous un glob' de feu qui part...
C'est Garnerin z'en personne :
Ferme au post' comme un César.
Il n' lâch'ra pas qu'on n' l'assomme ,
Et dans l'occasion j' maintiens
Que c' fanfan-là n'est point z'homme

A laisser sa part aux chiens.

Mais c'est dans l'assaut d' la place,
Qu'il faut les voir travailler ;
Pour leur donner tant d'audace ,
Comme on a dû l's étriller !
C'est pis qu' des lions, pis qu' des diables
Quand ils sont en train z'une fois...
Parlez-moi de soldats semblables
Pour mettre un' place aux abois !

A Pari c'est z'un miracle
Quand un théâtre va bien ;
Chaqu' directeur de spectacle
Dit que c'est un métier d' chien ;
Mais , sans exposer sa rente ,
J' crais ben qu'on peut z'engager
Une troupe qui s' contente
D'avoir un os à ronger.

Gn'y a pourtant z'un point qui, j' pense ,
N'aurait pas dû s'oublier...
Quand une entrepris' commence ,
Il est bon d' la publier ;
Et , pour piquer la pratique ,
Je n' sais comment l' directeur
A la porte d' sa boutique
N'a pas mis un aboyeur.

COUPLETS A UNE JEUNE MARIÉE.

Air : *J'étais bon chasseur autrefois.*

Sophie, au gré de nos désirs,
L'hymen va couronner ta tête ;
Nouveau devoirs, nouveaux plaisirs,
Voilà ce que ce dieu t'apprête.
Pour toi tout change ; et dès demain,
Par une douce expérience,
Tu diras : Du soir au matin,
Ah ! bon Dieu ! quelle différence !

Aujourd'hui ton heureux époux,
Brûlant et d'amour et d'ivresse,
N'aspire qu'à l'instant si doux
Qui doit te prouver sa tendresse.
Ah ! puisses-tu, de ses serments
Regrettant la vive éloquence,
Ne pas dire dans quelque temps :
Ah ! bon Dieu ! quelle différence !

Unis par l'âge et par le cœur,
Que peut-il vous manquer encore ?
L'âge fuit, c'est un grand malheur,
Mais le cœur reste à son aurore.
Vieux, on s'aime toujours autant
Soit habitude, soit contance ;
On se le prouve moins souvent.
Voilà toute la différence.

PARIS EN MINIATURE,

VAUDEVILLE.

Air du vaudeville du Sorcier.

Amour, mariage, divorce,
Naissances, morts, enterrements,
Fausses vertus, brillante écorce,
Petits esprits, grands sentiments,
Dissipateurs, prêteurs sur gages,
Hommes de lettres, financiers.
    Créanciers,
    Maltôtiers
    Et rentiers,
Tièdes amis, femmes volages :
Riches galants, pauvres maris...
    Voilà Paris. (*Quatre fois.*)

Là, des commères qui bavardent,
Là, des vieillards ; là, des enfants ;
Là, des aveugles qui regardent
Ce que leur donnent les passants ;
Restaurateurs, apothicaires,
Commis, pédents, tailleurs, voleurs,

Rimailleurs ,
Ferrailleurs ,
Aboyeurs ,
Juges de paix et gens de guerre ,
Tendrons vendus , quittés , repris...
    Voilà Paris.

Maint gazetier, mainte imposture ,
Maint ennuyeux , maint ennuyé ,
Beaucoup de fripons en voiture ,
Beaucoup d'honnêtes gens à pié ,
Epigrammes, compliments fades ,
Vaudevilles , sermons , bouquets ,
    Et ballets ,
    Et placets ,
    Et pamphlets ,
Madrigaux , contes bleus , charades ;
Vers à la rose , pots-pourris...
    Voilà Paris.

Ici , des fous qui se ruinent ,
Ici , d'avides grappilleurs ,
Et plus loin , d'autres fous qui dinent
Quand on va se coucher ailleurs.
Là , jeunes gens portant lunettes ,
Là , vieux visages rajeunis ,
    Bien munis ,
    Bien garnis

De vernis :
Acteurs vantés , marionnettes .
Grands mélodrames , plats écrits...
Voilà Paris.

Hôtels brillants , places immenses ,
Quartiers obscurs et mal pavés ,
Misère , excessives dépenses ,
Effets perdus , enfants trouvés ,
Force hôpitaux , force spectacles ,
Belles promesses sans effets ,
Grands projets ,
Grands échecs ,
Grands succès ;
Des platitudes , des miracles ,
Des bals, des jeux , des pleurs, des cris...
Voilà Paris.

MA PHILOSOPHIE.

Air : *Fournissez un canal au ruisseau.*

Pour jamais l'an vient de s'écouler,
Amis , c'est un mal sans remède,
Et bien loin de nous désoler ,
Ne songeons qu'à l'an qui succède :
Oui , livrons-nous, pour rajeunir,
Aux transports d'une gaîté folle,

Et ne pouvant fixer le temps qui vole,
Tâchons de fixer le plaisir.

Si l'objet dont nous sommes épris
Devait toujours rester le même,
A nos yeux il perdrait de son prix :
Tout vieillit, c'est la loi suprême ;
Et lorsque l'an, vers son déclin,
Loin de moi fuit à tire-d'aile,
Je vois bien moins ce qu'il ôte à ma belle
Que ce qu'il ajoute à mon vin.

Moquons-nous de la fuite du temps,
Et n'en regrettons pas la perte ;
Que toujours de vingt mets différents
Notre table reste couverte..,
Et chantons à tous nos repas :
L'appétit naît de la folie ;
Or, les seuls jours perdus dans cette vie
Sont les jours où l'on ne rit pas. »

Aimons bien, buvons bien, mangeons bien,
Jusqu'à la fin de notre route,
Et surtout, amis, ne gardons rien
Pour un lendemain dont on doute.
Alors l'avare nautonier,
Aux enfers prêt à nous descendre,
Prévoyant bien qu'il n'aurait rien à prendre,
Finira par nous oublier.

LE CARILLON BACHIQUE.

Air : *Et zig, et zig et zog, et fric, et fric et froc*

Tous les convives doivent trinquer en
mesure à tous les couplets.

Et tic et tic et tic, et toc et tic, et tic et toc;
 De ce bachique tintin }
 Vive le son argentin ! } (*bis.*)

 De la harpe enchanteresse,
 Du clavier qu'une main presse,
 Le charme entraîne et séduit.
 Mais, chers convives, je nie
 Qu'il existe une harmonie
 Plus touchante que ce bruit :
Et tic, et tic et tic, etc.

 Le premier buveur d'eau claire
 Qui tira des sons d'un verre,
 Contre Bacchus forniqua ;
 Et pour moi, qui ne m'éveille
 Qu'aux glouglous de la bouteille,
 Voici mon harmonica :
Et tic, et tic et tic, etc.
 C'est à tort que de sa lyre

Orphée exerça l'empire
Pour séduire Lucifer ;
Ce seul bruit, rempli de charmes,
Eût attendri jusqu'aux larmes
Tous les diables de l'enfer.
Et tic, et tic et tic, etc.

D'une sirène à la mode
Qu'on admire la méthode,
L'art et le goût infinis ;
Des deux verres en cadence
L'admirable discordance
Vaut trente Catalanis.
Et tic, et tic et tic, etc.

Au choc redoublé du verre,
Le veillard au front sévère
Se déride, reverdit ;
Et la belle qu'on adore,
Parait plus piquante encore,
Quand avec elle on a dit :
Et tic, et tic et tic, etc.

La peste soit du bélitre
Qui le premier de la vitre
Fonda le maudit abus !
Il nous ôte par fenêtre
Trente verres que peut-être

Aujourd'hui nous aurions bus.
Et tic , et tic et tic , etc.

Vingt juifs (que le diable emporte !)
Sont consignés à ma porte
Peut-être à la vôtre aussi.
Mais , ma foi , je me résigne ,
Et lèverai la consigne
Dès qu'ils sonneront ainsi
Et tic , et tic et tic , etc.

O vous ! poissons, volatiles ;
Quadrupèdes et reptiles ,
Combien vous devez pester !
Quand le hasard vous rassemble ,
Vous avez beau boire ensemble ,
Vous ne pouvez pas chanter :
Et tic , et tic et tic , etc.

Gloire au soldat intrépide
Qu'à l'honneur le tambour guide !
Mais je n'en suis point jaloux :
Rlantanplan répand l'alarme ;
Tic , tic , toc , a plus de charme ;
Or, mes amis, chantons tous :
Et tic et tic et tic, et toc et tic et tic et toc ;
De ce bachique tintin   } (bis.)
Vive le son argentin !   }

LE NEC PLUS ULTRA DE GRÉGOIRE.

Air : *Joyeux enfants de la bouteille.*

J'ai Grégoire pour nom de guerre ,
J'eus en naissant horreur de l'eau ;
Jour et nuit armé d'un grand verre
Lorsque j'ai sablé mon tonneau
    Tout fier de ma victoire ,
    Encore ivre de gloire ,
       Reboire ,
      Voilà (*bis*)
    Le *nec plus ultrà*
   Des plaisirs de Grégoire.

En latin , en droit , en physique ,
Je fus toujours un ignorant ;
Poésie , algèbre , musique
Tout me parait de l'Alcoran ;
    Fable , roman , histoire ;
    Sont pour moi du grimoire ;
      Mais boire !

    Voilà (*bis*)
   Le *nec plus ultrà*
  Des talents de Grégoire.

Qu'un poëte de l'Athénée,
De ses éphémères travaux
Sur la clientèle abonnée
Aille répandre les pavots :
  Son fatras oratoire
  Assomme l'auditoire ;
    Bien boire !
    Voilà (*bis*)
    Le *nec plus ultrà*
  De l'esprit de Grégoire.

A Cythère, dans mon jeune âge,
Si j'ai brûlé beaucoup d'encens,
Aujourd'hui , plus mûr et plus sage ,
Je me dis, maître de mes sens :
  OEil tendre , dents d'ivoire
  N'ont qu'un charme illusoire ;
    Mais boire !
    Voilà (*bis*)
    Le *nec plus ultrà*
  Des amours de Grégoire.

Me trouver, en sortant de table ,
Et sans soif et sans appétit ;
Voir ma cave si délectable
S'épuiser petit à petit ;
  N'avoir dans mon armoire
  Que la Seine ou la Loire.

A boire...
Voilà (*bis*)
Le *nec plus ultra*
Des chagrins de Grégoire.

Mais doué d'une âme assez ferme
Pour maîtriser les coups du sort ;
De mes maux avancer le terme ,
Et savoir vendre , sans effort ,
Lit , vaiselle , écritoire ,
Tout jusqu'à l'écumoire ,
Pour boire...
Voilà (*bis*)
Le *nec plus ultra*
Des chagrins de Grégoire.

Lorsqu'enfin vers l'empire sombre
Il faudra prendre mon essor ,
Oubliant que je suis une ombre ,
Le verre en main pouvoir encor ,
En dépit du déboire ,
Chanter sur l'onde noire :
A boire...
Voilà (*bis*)
Le *nec plus ultra*
Des désirs de Grégoire.

L'INCONVÉNIENT D'AVOIR DES DENTS.

Air : *Dans la vigne à Claudine.*

Quoiqu'en tous lieux on dise :
« Rien n'est tel que les dents, »
Je n'ai pas la bêtise
De donner là-dedans ;
Car si le premier homme
Sans une dent fût né,
Le monde pour la pomme
N'eût pas été damné.

Ces dents, dont l'amant vante
L'éclatante beauté,
Et dont le gourmand chante
L'heureuse utilité,
De notre premier âge
Sont le premier tourment,
Et leur chute présage
Notre dernier moment.
De belles dents, sans doute,
J'aime l'accord parfait,
Mais que de maux nous coûte
Ce funeste bienfait !
La perte de la belle
En qui tout nous séduit,

Fait moins souffrir que celle
D'une dent qui nous fuit.
Des serpents qui se tordent
La dent donne la mort ;
L'ours et le lion mordent,
Le chien enragé mord ;
Et que Dieu vous préserve
Du méchant, du jaloux,
Qui dans l'ombre conserve
Une dent contre vous !
Les dents ont droit de plaire
A l'heure des repas ;
C'est un mal nécessaire,
Je n'en disconviens pas ;
Encor, souvent cruelles
Jusqu'en leurs fonctions,
Que nous procurent-elles ?
Des indigestions.
Les dents ne servent guère
Qu'à causer du chagrin
Oui, jusqu'à ma dernière
Ce sera mon refrain
Puis, qu'un morceau l'emporte
A la fin d'un repas,
Je m'écrirai : « N'importe !
Pour boire, il n'en faut pas. »

IL FAUT BOIRE ET MANGER

Air : *Ça n' durera pas toujours.*

Disciples d'Épicure,
Suivons sans déroger
Cette loi que nature
Sait si bien propager :
Il faut boire et manger. *(4 fois.)*

Puisqu'on ne voit sur terre
Qu'ennui, peine et danger,
Amis, que faut-il faire
Pour ne pas y songer ?
Il faut boire et manger.

Amour, gloire, richesse,
Votre charme est léger ;
Le seul qui me paraisse
N'être pas mensonger,
C'est de boire et manger.

Lorsque notre maîtresse
S'avise de changer,
Pour narguer la traîtresse
Qui croit nous affliger,
Il faut boire et manger.

Verrait-on en ce monde
Tant d'hommes déloger,

S'ils chantaient à la ronde ,
Avant de s'égorger ;
Il faut boire et marger.

Mœurs , usages , coutume ,
Tout finit par changer :
Il n'est qu'une coutume
Qu'on ne peut négliger :
C'est de boire et manger.

Quel est du pauvre hère
Le bonheur passager,
N'eût-il que de l'eau claire
Et qu'un os à ronger ?
C'est de boire et manger.

J'ai , par terre et sur l'onde ,
Visité l'étranger ;
Dans tous les coins du monde
Où j'ai pu voyager ,
J'ai vu boire et manger.

Amant , qui te dispose ,
A l'heure du berger ,
Veux-tu de quelques roses
Voir ton front s'ombrager ?
Il faut boire et manger.

Fi du docteur maussade
Qui pour mieux le gruger ,

Soutient à son malade
Qu'il ne peut sans danger
Ni boire ni manger !

De Paris jusqu'en Chine
On aime a vendanger ;
De Rome en Chochinchine
On court au boulanger :
Il faut boire et manger.

Jusqu'à l'heure fatale
Où le noir messager
Dans sa barbe infernale
Viendra tous nous ranger,
Il faut boire et manger.

IL FAUT RIRE.

CHANSONNETTE.

Air : *Tarlarette, ma tantarlarette.*

Janvier recommence encor,
Et nous retrouve d'accord :
Gaîté, viens monter ma lyre ;
   Il faut rire...
   Il faut rire ,   *Chorus.*
 Rire et toujours rire.

Fidèls à notre plan,
Depuis le premier de l'an
Jusqu'à l'heure où l'on expire,
    Il faut rire... etc.

L'an qui fuit ne revient plus ;
Mais nos regrets superflus
Ne pouvant le reproduire,
    Il faut rire... etc.

L'hiver nous glace aujourd'hui ;
Mais en songeant qu'après lui
Un nouveau printemps va luire,
    Il faut rire... etc.

Tant que nous aurons des yeux
Pour voir minois gracieux,
Taille fine et doux sourire,
    Il faut rire... etc.

Tant que nous aurons des dents
Et des repas abondants,
De nos goûts dît-on médire,
    Il faut rire... etc.

Tant que la foudre en éclats
Dans nos caves n'ira pas
Tourner le vin qu'on en tire,
    Il faut rire... etc.

Tant qu'un merveilleux blondin
Sifflera Georges Dandin
Avant de savoir écrire,
   Il faut rire... etc.

Tant que, voyant ces monts d'or,
La jeune Agnès à Mondor
Dira : *Pour vous je soupire !*
   Il faut rire... etc.

Tant qu'un sot et vieux barbon
Dira, croira tout de bon
Qu'à sa femme il peut souffire,
   Il faut rire... etc.

Tant qu'un médecin savant
Au nombre des ci-devant
Ne viendra pas nous inscrire ;
   Il faut rire... etc.

Dût-il en un tour de main
Nous expédier dès demain,
En entrant au sombre empire,
   Il faut rire... etc.

Sûrs d'y rencontrer Favart,
Vadé, Radet et Panard,
Le moyen de ne pas dire :
   Il faut rire... etc.

Avec eux dansant en rond,
Aux échos de l'Achéron
Que nos chants fassent redire :
    Il faut rire... etc.

Que l'infernal souverain,
Brisant son sceptre d'airain,
Avec nous chante en délire :
    Il faut rire... etc.

Par cet exemple entraînés,
Que les diables aux damnés
Disent : « C'est trop longtemps frire;
    Il faut rire... etc. »

Qu'enfin de l'enfer au ciel,
Un chorus universel
Crie à tout ce qui respire :
    Il faut rire...
    Il faut rire,
  Rire et toujours rire.

SOIRÉE DE CADET BUTEUX

PASSEUX D' LA RAPÉE

AUX EXPÉRIENCES DU SIEUR OLIVIER

Air : *Voulez-vous savoir l'histoire.*

Je n' vois, en fait de pestacles,
   Foi d' Cadet Buteux,
Rien qui vaille les miracles
   D' nos escamoteux ;
J'en savons un passé maître,
   Qu' j'avons vu l'aut' soir ;
Gn'y a qu'un moyen de l' connaître,
   Et c'est d'aller l' voir.

J' crois que c' luron-là s'appelle
   Monsieur Olivier :
Et c'est dans la ru' d' Guernelle
   Qu' travaille l' sorcier ;
I' sait vous r'tourner, vous prendre
   Qu'on n'y connait rien ,
Et j' dis qu's'il ne s' fait point pendre ,
   C'est qu'il le veut bien.

J' pensons un' carte , j' m' la nomme ,
  C'était l' roi d' carreau :
V'là qu' d'une main il prend z'un' pomme
  Et d' l'autre un couteau ;
Il la partage, il la montre ,
  Et , voyez l' malin !
V'là mon roi qui s'y rencontre
  En guise d' pépin.

C' qu'est pus fort, c'est qu'il prépare
  Un grand verre d' vin ,
Et vous l' flanque , sans dir' gare ,
  Au nez d' mon voisin :
L' diable d' vin s' mitamorphose
  En rose, en œillet :
V'là , m' dis-je en restant tout chose ,
  Un vin qu'a l' bouquet !

J' li prêtons , a sa prière ,
  Mon castor à glands ,
Parc' qu'il avait z'envi' d' faire...
  Une om'lette d'dans :
Gn'y a point z'à dire , il l'a faite ,
  Et ça sous not' né ,
Et , jarni , moi , d' voir c't' om'lette ,
  Ça m'a tout r'tourné.

Il me d'mande que j' li garde
    Six écus tournois ;
J' les prenons , mais quand j'y r'garde,
    V'là qu'i' m'en manqu' trois :
On les trouv' dans un' aut' poche :
    A Paris , quoiqu' ça ,
N' faut point z'un' lunett' d'approche
    Pour voir ces coups-la.

Il perce un mouchoir d' percale
    D' la grosseur d'un œuf ;
Il souffle d'ssus , il l'étale ,
    Crac, le v'là tout neuf.
Dans ben des cas, ah ! queu trouvaille,
    Dans c' siècle d' vartus ,
Si , pour boucher z'une entaille ,
    N' fallait qu' souffler d'ssus !

V'là qu' tout à coup la nuit tombe..
    Et, pour divertir ,
J' vois comme qui dirait d'un' tombe
    D's esquelett's sortir :
A leurs airs secs et minables,
    On s' disait comm' ça :
C'est-i' d's artist's véritables
    Qui jou'nt ces rôl's-la ?

Mais avant qu'un chacun sorte,
  (Et c'est là l' chiendent)
V'là l' Fanfan qui nous apporte
  Deux torches d' rev'nant.
Morgé ! que l' bon Dieu t' bénisse,
  Suppôt d' Lucifer !
J' croyions que j'avions la jaunisse,
  Tant j'avions l' teint vert.

Bref, c't Olivrer z'est capable,
  Dans l' méquier qu'i' fait,
D'escamoter jusqu'au diable,
  Si l' diable l' tentait :
Par ainsi, sans épigramme,
  Crainte d'accident,
Faut toujours, messieurs et dames,
  S' tâter en sortant.

LE PANPAN BACHIQUE.

Air : *Repas en voyage.*

Lorsque le champagne
Fait en s'échappant
    Pan , pan ,
Ce doux bruit me gagne
L'âme et le tympan.
    Le mâcon m'invite ,
    Le beaume m'agite ,
    Le bordeaux m'excite ,
Le pomard me séduit ;
    J'aime le tonnerre ;
    J'aime le madère ;
    Mais , par caractère ,
Moi qui suis pour le bruit...
    Lorsque la champagne , etc.
    Quand , aidé du pouce ,
    Le liége qui pousse
    L'écumante mousse ,
Saute et chasse l'ennui ,
    Vite je présente
    Ma coupe brûlante ,
    Et gaîment je chante

En sautant avec lui :
   Lorsque le champagne , etc.
   Qu'Horace en goguette ,
   Courant la ginguette ,
   Verse à sa grisette
Le falerne si doux ;
   S'il eût, le cher homme ,
   Connu Paris comme
   Il connaissait Rome ,
Il eût dit avec nous :
   Lorsque le champagne , etc.
   Maîtresse jolie
   Perd de sa folie ,
   Se fane et s'oublie ,
Victime des hivers.
   Mais ma Champenoise ,
   Grise comme ardoise ,
   En est plus grivoise ,
Et ne dicte ces vers :
   Lorsque le champagne , etc.
   De ce véhicule
   Où roule et circule
   Maint et maint globule ,
Si le feu me sédut,
   C'est que de ma tête ,
   Qu'aucun frein n'arrête ,

L'image parfaite
Toujours s'y reproduit.
   Lorsque le champagne , etc.
   Quand de la folie
   La vive saillie
   S'arrête affaiblie ,
Vers la fin du banquet,
   Qui vient du délire
   Remonter la lyre ?
   Du jus qui m'inspire
C'est le divin bouquet.
   Lorsque le champagne , etc.
   Pour calmer la peine,
   Adoucir la gêne ,
   Eteindre la haine
Et dissiper l'effroi.
   Que faut-il donc faire?
   Sabler à plein verre
   Ce jus tutélaire ,
Et chanter avec moi :
   Lorsque le champagne
   Fait en s'échappant
     Pan . pan ,
   Ce doux bruit me gagne
   L'âme et le tympan.

LE POUR ET LE CONTRE.

Air : *Ah ! le bel oiseau, maman.*

Mourons, mes amis, mourons !
Dans la vie
Tout ennuie ;
Mourons, mes amis, mourons,
Le plus tôt que nous pourrons.
Venir au monde tout nu,
Rêver ou fortune ou gloire,
Partir comme on est venu,
Voilà toute notre histoire...
Mourons, etc.

Cependant, bon appétit,
Bonne cave, bonne chère,
Bonne fortune et bon lit,
Ne se trouvent que sur terre...
Vivons, mes amis, vivons !
Fuir la vie,
C'est folie ;
Vivons, mes amis, vivons !
Deux cents ans si nous pouvons.
Mais la vie est un jardin
Où l'homme pris d'une rose
N'y peut toucher que soudain
Un peu de sang ne l'arrose.
Mourons, etc.

Mais, hélas ! si nous mourons,
De vingt minois pleins de charme
Les yeux que nous adorons
Vont s'éteindre dans les larmes...
Vivons, etc.

Mais si nous vivons, hélas !
Nous risquons de voir nos belles
Tôt ou tard en d'autres bras
Porter leurs flammes fidèles...
Mourons, etc.

Eh quoi ! mourir dans leurs fers !
Elles seraient trop contentes...
Et croyons-nous aux enfers
En trouver de plus constantes ?
Vivons, etc.

Là-bas pourtant nous verrions
Les Racines, les Molières,
Les Panards, les Crébillons,
Qu'ici nous ne voyons guères...
Mourons, etc.

Ce parti, fort bon, d'ailleurs,
N'est pourtant pas des plus sages...
Nous verrions ces grands auteurs,
Mais verrions-nous leurs ouvrages ?
Vivons, etc.

Mais un maudit charlatan,

Suivant la mode commune,
Peut, avant qu'il soit un an,
Nous tuer dix fois,pour une...
Mourons , etc.

Mais au ténébreux manoir
Quand par miracles on échappe .
Il est doux de recevoir
L'épi, la rose et la grappe !
Vivons , etc.

Mais ces trésors de nos champs
Jusques au plus faible arbuste,
Fleurissent pour les méchants
Aussi bien que pour le juste.
Mourons , etc.

Mais puisqu'à tous ces abus
Le ciel opposa sur terre
Le champagne et les vertus,
Les talents et le madère...
Vivons , etc.

Deux cents ans sont un peu longs
A cet âge rien ne tente...
Mais sitôt que nous aurons
De cent vingt-cinq à cent trente...
Mourons , mes amis , mourons !
  Dans la vie
  Tout ennuie; Mourons, etc.

LE VERRE

Air : *La bonne chose que le vin !*
ou Air : *du vaudeville du* Fandango.

Quand je vois des gens ici-bas
Sécher de chagrin ou d'envie ,
Ces malheureux , dis-je tout bas ,
N'ont donc jamais bu de leur vie !
On ne m'entendra pas crier
Peine , famine , ni misère ,
Tant que j'aurai de quoi payer
Le vin que peut tenir mon verre.

Riche sans posséder un sou ,
Rien n'excite ma jalousie ;
Je ris des mines du Pérou ,
Je ris des trésors de l'Asie ;
Car sans sortir de mon taudis ,
Grâce au seul Dieu que je révère ,
Je vois et topaze et rubis
Abonder au fond de mon verre.

Tout nous atteste que le vin
De tous les maux est le remède ,
Et les dieux n'ont pas fait en vain
Un échanson de Ganymede.

Je gage même que ces coups
Que l'homme attribue au tonnerre,
Sont moins l'effet de leur courroux
Que du choc bruyant de leur verre.

Chaque jour l'humide fléau
Des cieux ne rompt-il pas les digues ?
Si les immortels aimaient l'eau,
Ils n'en seraient pas si prodigues ;
Et quand nous voyons par torrent
La pluie inonder notre terre,
C'est qu'ils rejettent en jurant
L'eau que l'on verse dans leur verre.

Le bon vin rend l'homme meilleur,
Car du monarque assis à table
Vit-on jamais le bras vengeur
Signer la perte d'un coupable ?
De son cœur le courroux banni
N'obscurcit plus son front sévère :
Armé du sceptre, il l'eût puni ;
Il lui pardonne, armé du verre.

Je ne sais par quel vertigo
Ou quelle suffisance extrême,
Narcisse, en se mirant dans l'eau,
Devint amoureux de lui-même.
Moi, fort souvent je suis atteint

De cette risible chimère ,
Mais c'est lorsque je vois mon teint
Pourpré par le reflet du verre.

Dieu du divin , dieu de l'univers ,
Toi qui me fis à ton image ,
Reçois ce tribut de mes vers :
Et , pour couronner ton ouvrage ,
Fais jusqu'à mes instants derniers ,
Que dans ma soif je persévère ,
Et qu'à ma mort mes héritiers
Ne trouvent plus rien dans mon verre.

L'ATELIER DU PEINTRE
OU LE PORTRAIT MANQUÉ.
Air de la Catacoua.

Jaloux de donner à ma belle
Un duplicata de mes traits ,
Je demande quel est l'Apelle
Le plus connu par ses portraits.
C'est , me répond l'ami Dorlance
Un artiste nommé Mathien.
Il prend fort peu...
Mais , ventrebleu !
Quel coloris , quelle grâce , quel feu !
Il vous attrape comme un ange ,
Et loge près de l'Hôtel-Dieu.

Vite je cours chez mon Apelle ,
J'arrive et ne sais où j'en suis ;
Son escalier est une échelle ,
Et sa rampe une corde à puits.
Un chantre est au premier étage ,
Au second loge un chaudronnier,
Puis un gainier
Un rubanier ,
Puis au cinquième un garçon cordonnier
Je reprends haleine et courage ,
Et j'arrive enfin au grenier.

J'entre , et d'abord sous une chaise
Je vois le buste de Platon ;
Sur un Hercule de Farnèse
S'élève un bonnet de coton :
Un briquet est dans une mule ,
Dans un verre un peigne édenté ;
Un bas crotté
Sur un pâté ,
Un pot à l'eau sous une Volupté ;
L'amour près d'un tison qui brûle ,
Et la Frileuse à son côté.

Le portrait d'un acteur tragique
Est vis-à-vis d'un mannequin ;
Je vois sur la Vénus pudique
Une culotte de nankin ;

Une tête de Diogène
A pour pendant un potiron ;
Près d'Appolon
Est un poêlon ;
Psyché sourit à l'ombre d'un chaudron,
Et les restes d'une *romaine*
Sont sous l'œil du cruel Néron.

Devant une vitre brisée
S'agite un morceau de miroir ,
Et sous la barbe de Thésée
Est une lame de rasoir ;
Sous un Plutus une Lucrèce ;
Sur un tableau récemment peint
Je vois un pain ,
Un escarpin
Une Vénus sur un lit de sapin ,
Et la Diane chasseresse
Derrière une peau de lapin.

Seul , j'admirais ce beau désordre ,
Quand un homme, armé d'un bâton ,
Entre, et m'annonce que par ordre
Il va me conduire en prison.
Je résiste... Il me parle en maître ,
Je lui lance un Caracalla ,
Un Attila ,
Un Scévola ,

Un Alexandre , un Socrate , un Sylla ,
  Et j'écrase le nez du traître
  Sous le poids d'un Caligula.

  A ses cris , au fracas des bosses ,
  Je vois vers moi de l'escalier
  S'élancer vingt bêtes féroces ,
  Vrais visages de créancier.
  Sur ma tête , assiettes , bouteilles ,
  Pleuvent au gré de leur fureur ;
      Et le traiteur ,
      Le blanchisseur ,
Le perruquier , le bottier , le tailleur .
  Font payer à mes deux oreilles
  Le nez de leur ambassadeur.

  Au lieu d'emporter mon image ,
  Comme je l'avais espéré ,
  Je sors n'emportant qu'un visage
  Pâle , meurtri , défiguré.
  O vous ! sensibles créatures ,
  Aux traits bien fins , bien réguliers ;
      Des noirs huissiers ,
      Des hauts greniers ,
Évitez bien les périls meurtriers,
  Et que Dieu garde vos figures
  Des peintres et des créanciers.

LA PROMENADE SENTIMENTALE

OU

LE DANGER DE SORTIR SANS ARGENT

Air : *Partant pour la Syrie.*

Partant pour la Villette,
Le jeune et beau François
Dit un jour à Fanchette :
« Veux-tu t'en v'nir au bois ? »
Plaignez l'amant fidèle,
Délicat et galant,
Qui pour promener sa belle,
N'a pas un sou vaillant.

Ils partent : l' temps s' barbouille,
Si ben qu' ça tombe à seau,
Et qu' l'averse les mouille,
Qu' tout collait sur leur peau.
Plaignez... etc.
Fanchette alors propose,
Passant d'vant z'un bouchon.
D' s'y rafraîchir d' queuqu' chose
N' fût-ce qu' d'un pied d' cochon,
Plaignez... etc.

De son cou blanc comm' cire ,
L' vent fait voler l' mouchoir,
Et j'n'ai pas besoin d' dire
Tout c' que ça laisse voir.
Plaignez... etc

Bientôt nouvell' disgrâce :
En sautant un ruisseau,
L' sabot d' Fanchette s' casse ,
Et v'là son pied dans l'eau.
Plaignez... etc.

Plus loin , autre anicroche :
L' parasol d'un benêt
D' la pauvr' Fanchette accroche
Et déchire l' bonnet.
Plaignez... etc.

Tandis qu' Fanchette endève ,
L' carrosse d'un pépin
D'un coup d' brancard lui crève
Tout l' dos d' son casaquin !
Plaignez... etc.

Un gros doguin qui joue ,
Sur Fanchett' s'élançant ,
Li caresse la joue ,
Qu'elle en est tout en sang.
Plaignez... etc.

La voyant z'évanouie,
Chacun dit qu'un mat'las
La rendra z'à la vie ;
V'là François dans d' beaux draps
Plaignez... etc.

Chez elle François la r'mène,
Et l'y d'mand' par pitié,
Qu' pour prix de tout' sa peine,
All' d'vienne sa moitié.
Va donc, z'amant fidèle,
Dit-elle en s' rhabillant,
Faut, pour avoir une belle,
Avoir queuqu's sous vaillant.

V'là ma chanson finie ;
Mais comm' c' n'est pas le Pérou,
A tout' la compagnie
J' la donne pour un sou.
Et faut qu' l'amant fidèle
Qui r'fus'rait, z'en passant,
D'en régaler sa belle,
N'ait pas un sou vaillant.

PARLEZ-MOI D' ÇA.

Air : *Mon galoubet.*

Ne m' parlez pas
De ces repas
Où l'on sert des mets que d'avance
Sur leurs fourneaux l'ennui glaça ;
Mais s'agit-il d'une bombance
Où fillettes, flacons, tout danse,
  Parlez-moi d' ça. (*4 fois.*)
  Ne m' parlez pas
  De ces appas
Que l'artifice dénature,
Et que Plutus seul caressa:...
Mais ces charmes sans imposture,
Et dont quinze ans font la parure,
  Parlez-moi d' ça.
  Ne m' parlez pas
  De ces débats
Où s'égorgent deux adversaires
Qu'un seul mot souvent courrouça ;
Mais ces querelles passagères
Qui se vident avec les verres,
  Parlez-moi d' ça.
  Ne m' parlez pas
  De ces pieds plats

Tout fiers du brillant équipage
Où leur bassesse les plaça ;
Mais l'or devient-il l'apanage
Ou du génie ou du courage,
  Parlez-moi d' ça.

  Ne m' parlez pas
  De ce fatras
Qui de la fange du Parnasse
Sortit et nous éclaboussa ;
Mais ces vers dont l'esprit, la grâce,
Font revivre Tibulle, Horace...
  Parlez-moi d' ça.

  Ne m' parlez pas
  De l'embarras
Qui suit une fortune immense
Que bien ou mal on amassa ;
Quelques amis, un peu d'aisance
Folle gaîté, sage dépense,
  Parlez-moi d' ça.

  Ne m' parlez pas
  De ce trépas
Que plus d'un docteur nous attire
Par les juleps qu'il nous versa ;
Mais après cents an de délire,
Faut-il enfin mourir de rire...
  Parlez-moi d' ça. (4 *fois*)

LE SANS-SOUCI.

OU

MA PROFESSION DE FOI.

Air : *Eh ! qu'est-c' qu' ça m' fait à moi ?*

Un refrain dont le vulgaire
A bercé mes premiers ans,
Sous mes doigts reconnaissants
Va renaître à la lumière.
  Eh ! qu'est-c' qu' ça m' fait à moi,
Qu'on me nomme plagiaire ?
  Eh ! qu'est-c' qu' ça m' fait à moi,
Quand je chante et quand je boi ?

Tout refrain qui mène à boire,
(N'en déplaise aux buveurs d'eau)
Paraîtra toujours nouveau,
Fût-il vieux comme l'histoire.
  Eh ! qu'est-c' qu' ça m' fait à moi,
Qu'un autre en ait eu la gloire ?
  Eh ! qu'est-c' qu' ça m' fait à moi,
Quand je chante et quand je boi ?

Que l'on trouve fort étrange
Que je ne maigrisse point,
Qu'on raille mon embonpoint
Et l'appétit dont je mange...
    Eh ! qu'est-c' qu' ça m' fait à moi,
C'est ma santé qui me venge,
    Eh ! qu'est-c' qu' ça m' fait à moi,
Quand je chante et quand je boi ?

Qu'un objet tout adorable
Me jure éternel amour,
Et me délaisse un beau jour
Pour un amant plus aimable...
    Eh ! qu'est-c' qu' ça me fait à moi ?
De ses bras je passe à table ;
    Eh ! qu'est-c' qu' ça m' fait à moi,
Quand je chante et quand je boi ?

Qu'un savant s'épuise en veilles
Pour savoir par quel secret
Du soleil l'heureux effet
Enfante autant de merveilles...
    Eh ! qu'est-c' qu' ça m' fait à moi,
Pourvu qu'il dore mes treilles ?
    Eh ! qu'est-c' qu' ça m' fait à moi,
Quand je chante et quand je boi ?

De Tufière second tome
Que l'épais et sot Mondor
Marche sur des tissus d'or
Et sous les lambris d'un dôme...
    Eh ! qu'est-c' qu' ça m' fait à moi,
Ou la pourpre ou l'humble chaume ?
    Eh ! qu'est-c' qu' ça m' fait à moi,
Quand je chante et quand je boi ?

Après mainte et mainte entrave,
Livrée au grand tribunal,
Que ma pièce, au jour fatal,
Éprouve un choc assez grave...
    Eh ! qu'est-c' qu' ça m' fait à moi ?-
J'en ai d'autres dans ma cave.
    Eh ! qu'est-c' qu' ça m' fait à moi,
Quand je chante et quand je boi ?

Celui-ci du vin de Beaume
Vante le goût délicat ;
Celui-là veut du muscat ;
C'est l'aï qu'un autre prône...
    Eh ! qu'est-c' qu' ça m' fait à moi ?
Qu'il soit rouge, ou blanc, ou jaune ?
    Eh ! qu'est-c' qu' ça m' fait à moi,
Quand je chante et quand je boi ?

En wiski qu'un jour Gros-Pierre,
Voulant narguer les passants,
Quitte, pour être dedans,
La place qu'il eut derrière...
 Eh ! qu'est-c' qu' ça m' fait à moi ?
Il la reprendra, j'espère.
 Eh ! qu'est-c' qu' ça m' fait à moi,
Quand je chante et quand je boi ?

Qu'un marin, dans l'espérance
D'un grand nom, d'un grand butin,
Entreprenne un beau matin
Le tour de ce globle immense...
 Eh ! qu'est-c' qu' ça m' fait à moi ?
J'en ai deux en ma puissance
 Eh ! qu'est-c' qu' ça m' fait à moi,
Quand je chante et quand je boi ?

Qu'un journal, quand j'ose écrire
Un couplet contre l'ennui,
Le croyant fait contre lui,
Le lendemain me déchire...
 Eh ! qu'est-c' qu' ça m' fait à moi,
Si ma chanson vous fait rire ?
 Eh ! qu'est-c' qu' ça m' fait à moi,
Quand je chante et quand je boi ?

LE DINER D'ÉTIQUETTE.

AIR : *Eh ! gai, gai, gai, mon officier.*

Eh ! gai , gai , gai , qu'ils sont joyeux
Les diners d'étiquette ,
Eh ! gai , gai , gai , pas de goguette
Où l'on s'amuse mieux.

Lundi , Mondor m'invite :
Il faut l'habit de cour ;
Et je dépense vite
Mon trimestre en un jour.
Eh ! gai gai , gai , etc.

J'arrive juste à l'heure ;
Tout le monde est en noir :
M'imaginant qu'on pleure,
Je tire mon mouchoir.
Eh ! gai , gai , gai , etc.

Tous ont la langue morte ,
Le maintien composé...
Personne , sous la porte ,
N'est pourtant exposé.
Eh ! gai , gai , gai , etc.

Arrive un gros notaire ,

Puis un maigre avocat ,
Puis un court commissaire ,
Puis un long magistrat.
Eh ! gai , gai , gai , etc.

L'un , dans une embrasure ,
Pour me désannuyer,
Me lit la procédure
De Michel et Reynier.
Eh ! gai , gai , gai , etc.

L'autre prend la gazette ,
Et, politique fin ,
Me parle de la diète ,
Lorsque je meurs de faim.
Eh ! gai , gai , gai , etc.

Enfin paraît l'Olive...
On ne sait s'il dira
Que le potage arrive ,
Ou que le mort s'en va.
Eh ! gai , gai , gai , etc.

Ivresse délectable !
Tous , d'un air solennel,
S'avancent vers la table ,
Comme on marche à l'autel.
Eh ! gai , gai , gai , etc.

A sa tristesse étrange.,
On croirait quelquefois
Que chaque invité mange
Pour la dernière fois.
Eh ! gai, gai, gai, etc.

Au plat qu'on me présente
A peine j'ai goûté,
Que, trompant mon attente,
Il fuit escamoté.
Eh ! gai, gai, gai, etc.

Soudain l'hôte se lève,
Et qu'on ait soif ou faim,
Défense qu'on achève
Son biscuit ni son vin.
Eh ! gai, gai, gai, etc.

Le café pris pour rire,
A quel jeu joûra-t-on ?
L'ivresse et le délire
Réclament un boston.
Eh ! gai, gai, gai, etc.

Mais bientôt je m'oublie..,
Et vole transporté
De folie en folie
Jusques à l'écarté.
Eh ! gai, gai, gai, etc.

Pour prolonger l'orgie,
En joueur enchanté,
Le verre d'eau rougie
Entretient la gaîté.
Eh ! gai , gai , gai , etc.

Dévalisée d'emblée ,
Je prends en enrageant,
Congé de l'assemblée ,
Congé de mon argent.
Eh ! gai , gai , gai , etc.

Surpris par une averse,
Sans un denier comptant ,
Tandis que l'eau me perce ,
Je chante en barbotant :
Eh ! gai , gai , gai , qu'ils sont joyeux
Les dîners d'étiquette !
Eh ! gai , gai , gai , pas de goguette
Où l'on s'amuse mieux.

VERSE ENCORE.

Air : *nouveau*

Verse encor ,
Encor, encor, encor,
Encor un rouge bord,
Dieu joufflu de la treille !

Verse encor,
Encor, encor, encor.
Par toi tout se réveille
Et sans toi tout est mort.

Toi, qui déplorant
Les misères humaines,
Va partout jurant
Et te désespérant,
Pourquoi fulminer ?
Moi, pour guérir mes peines,
Au lieu de tonner,
J'aime mieux entonner :
Verse encor, etc.

Si, toujours heureux,
Alcide a tant su faire
D'expoits amoureux,
Et d'expoits valeureux,
C'est que, chaque fois
Qu'il partait pour la guerre,
Sa tonnante voix
Disait d'un ton grivois.
Verse encor, etc.
Amant qui toujours

De soupirs et d'alarmes
Attristes le cours

De tes sottes amours,
    Répands loin de moi
Tes longs torrents de larmes.
    Nous avons, ma foi,
Bien assez d'eau sans toi...
    Verse encor, etc.

    A quoi bon ce gros,
Ce lourd dictionnaire,
    Que mal à propos
Surchargent tant de mots ?
    N'eût-il pas suffi
Au bonheur de la terre
    D'en avoir un qui
Contînt ces seuls mots-ci :
    Verse encor, etc.

    Je tiens pour certain
Que notre premier homme
    Eût, d'un tour de main,
Sauvé le genre humain,
    Si ce bon Adam,
Mettant, au lieu de pomme,
    Un broc sous sa dent,
Eût dit en le vidant :
    Verse encor, etc.

Pourquoi , Turcs damnés ,
Par un décret céleste
Etes--vous tous nés
A rôtir condamnés ?
C'est que , réduits tous
Au sorbet indigeste ,
Aucun d'entre vous
Ne peut dire avec nous :
Verse encor , etc.

Du sort inhumain
Suivant l'arrêt sévère ,
Puisque , hélas ! ta main ,
Peut-être dès demain ,
Ne versera plus
Dans mon sein ni mon verre ,
Bienfaisant Bacchus ,
Ton ivresse et ton jus ,
Verse encor ,

Encor , encor , encor ,
Encor un rouge bord ;
Dieu joufflu de la treille !
Verse encor
Encor , encor , encor !...
Par toi tout se réveille ,
Et sans toi tout est mort.

LES BONS AMIS DE PARIS.

Air : *Il était un p'tit homme.*

Ma fortune était mince,
Mais j'avais un parent
  Dont le rang
Annonçait que du prince
Il était bien connu,
  Bien venu...
  Chacun me flatta,
  Chacun me fêta,
  Chacun me visita...
    Qu'ils sont polis,
    Qu'ils sont jolis,
    Nos bons amis
      D' Paris.

Mais (affreuse disgrâce !)
Par un coup du destin,
  Un matin,
De mon parent en place
La faveur disparut ;
  Il mourut !
  Chacun défila,
  Chacun détala,

Chacun me planta là.
    Qu'ils sont polis , etc.

L'acte testamentaire
Qu'avait fait mon parent ,
    En mourant ,
Me nommant légataire
D'un large coffre-fort
    Rempli d'or ,
    On me reflatta ,
    On me refêta ,
On me revisita...
    Qu'ils sont polis , etc.

Lancé dans les affaires
Par l'appât d'un butin
    Incertain ,
Des calculs téméraires
Ayant réduit à rien
    Tout mon bien ,
    On redéfila ,
    On redétala ,
On me replanta là...
    Qu'ils sont polis , etc.

Par pure bonté d'âme ,
La charmante Élisa
    M'épousa.

Des charmes de ma femme
Le bruit se répandit,
S'étendit...
On me reflatta,
On me reféta,
On me revisita...
Qu'ils sont polis, etc.

L'un d'entre eux, qui sans cesse
D'amitiés me comblait,
M'accablait,
Un jour de ma princesse
M'enleva les appas,
Les ducats :
On redéfila,
On redétala,
On me replanta là...
Qu'ils sont polis, etc.

De mon argenterie
Je fis ressource, et crac,
Dans un sac,
Vite à la loterie
Le magot fut donné :
Je gagnai...
On me reflatta,
On me reféta,
On me revisita.

Qu'ils sont polis, etc.

Une fièvre soudaine
M'ayant glacé de son
    Noir frisson :
Chez moi l'on vit à peine
Succéder le docteur
    Au traiteur,
    Qu'on redéfila,
    On redétala,
On me replanta là...
    Qu'ils sont polis, etc.

Malgré soins et prières,
La fièvre prévalant ;
    Il fallut
Mettre ordre à mes affaires...
Au bruit du testament,
    Poliment,
    On me reflatta,
    On me refêta,
On me revisita...
    Qu'ils sont polis, etc.

Mais comme sur leur compte
J'ouvrais enfin les yeux
    Un peu mieux,
Aucun d'eux, à sa honte,

N'étant même héritier
D'un denier,
On redéfila,
On redétala,
On me replanta là...
Qu'ils sont polis, etc.'

Voyant, chez mes ancêtres,
Mon voyage remis,
J'ai promis
Qu'après ma mort les prêtres,
Devant le trépassé
Délaissé
Pout tout *oremus*,
Pour tout *in manus*,
Chanteraient en *chorus* :
Qu'ils sont polis,
Qu'ils sont jolis,
Nos bons amis
D' Paris !

LA BOUCHE ET LE NEZ,

DIALOGUE NOCTURNE.

Air : *Mon père était pot.*

Jugez si je fus étonné,
　　Lorsque la nuit dernière
Je sentis ma bouche et mon nez
　　S'agiter en colère.
　　« Qui donc en sursaut,
　　Me dis-je aussitôt,
Si matin me réveille ? »
　　Le nez se moucha,
　　La bouche cracha,
Et je prêtai l'oreille.

La Bouche, bâillant.
Air : *Je suis né natif de Ferrare.*

Maudit nez ! le diable t'emporte !
Ronfla-t-on jamais de la sorte ?

Le Nez.

Morbleu ! quel démon m'installa
Près de cette bavarde-là ?

La Bouche.

Et c'est au milieu du visage
Qu'on loge un si sot personnage !...

Le Nez.

Tout sot que je suis, je me crois
Encor moins mâchoire que toi...

La Bouche, piquée.

Air : *de la funfare de Saint-Cloud.*

Que m'importe ta colère
Et tes sarcasmes mordants ?

Le Nez.

Est-ce pour me faire taire
Que tu me montres les dents ?

La Bouche.

Va, je ris de tes sottises ;
Entends-tu, vilain camus ?

Le Nez.

Quelque chose que tu dises,
J'aurai toujours le dessus.

La Bouche.

Air : *Réveillez-vous belle endormie.*

Nécessaire autant qu'agréable,
Je sers l'enfant et le barbon ;
Et de toi, qui fais le capable,
On ne peut rien tirer de bon.

Le Nez.

Air : *La bonne aventure.*

De quelque titre plâtré
Que tu t'autorises,

jamais je ne souffrirai
　　Que tu me maîtrises.
Si tu le veux, fâche-toi...
Je n'ai jamais craint, ma foi,
　　D'en venir aux prises,
　　　　Moi...
D'en venir aux prises.

　　　　　　La Bouche.
　　　　Air : *Si Dorilas.*

Je suis utile à mille choses !

　　　　　　Le Nez.

De ses dons le ciel m'a comblé :
C'est pour moi qu'on plante les roses.

　　　　　　La Bouche.

C'est pour moi qu'on sème le blé. (*bis.*)

　　　　　　Le Nez.

Par moi l'on respire sur terre.

　　　　　　La Bouche.

C'est moi qui préside au repas.

　　　　　　Le Nez.

L'homme sans moi ne vivrait guère. (*b.*)

　　　　　　La Bouche.

L'homme sans moi ne vivrait pas. (*bis.*)

　　　　　　Le Nez.
　　　Air : *de l'Avare et son ami.*

Dans une maison lorsqu'on entre

A l'instant même du dîné.
Ne dit-on pas, frappant son ventre :
« Ma foi ! je sens que j'ai bon né ? »

La Bouche.

De tous les mets auxquels on touche,
Celui qu'on croit du meilleur goût,
N'est-il pas celui que partout
On garde pour la bonne bouche ? (*bis.*)

Le Nez.

AIR : *Jeune fille et jeune garçon.*

Tu conviens pourtant que jamais
Tu ne cesses d'être gourmande. (*bis.*)

La Bouche.

C'est bien toi que tout affriande,
Jusqu'à la seule odeur des mets.

Le Nez.

Oui, leur parfum me touche,
J'en dois faire l'aveu..,
En tout temps, en tout lieu,
Je fus toujours un peu
Sur la bouche. (*bis.*)

La Bouche.

AIR : *A moins que dans ce monastère.* (*Vaudeville
des* Visitandines.)

Quand pour les louanges des belles,
Je me plais à m'exténuer,
Toi, tu restes muet près d'elles,

Si ce n'est pour éternuer. (*bis.*)

Le Nez.

il faut pourtant qu'on me chérisse,
Car, malgré ce bruit importun,
A mes éternûments chacun
Répond toujours : *Dieu vous bénisse !* (*b.*)

La Bouche.

AIR : *Des Fleurettes.*

D'une bouche amoureuse
Quand j'effleure les bords,
Combien je suis heureuse !

Le Nez.

J'ai part à tes tranports.
De son haleine embaumée
Par moi le charme est senti.

La Bouche.

Oui, mais tu n'as du rôti
Que la fumée.

AIR : *Du curé de Pomponne.*

Lorsqu'à la suite du baiser
Un doux feu vous consume,
Ce feu que tout semble attiser,
C'est bien moi qui l'allume.

Le Nez.

Mais on a vu d'une autre part,
A la porte-Ottomane,

Un cœur de part en part,
    Percé par
Le nez de Roxelane.

       La Bouche, écumant de rage.
        Air : *Dans la vigne à Claudine.*

As-tu juré de mettre
Ma patience à bout ?
C'est trop me compromettre
Avec ce marabout.

          Le Nez.

En vain tu voudrais feindre,
J'ai su te battre...

          La Bouche.

              Moi ?
Que puis-je avoir à craindre
D'un morveux comme toi ? (3 *fois*)
      Le Nez, rouge de colère.
     Air : *Tenez moi, je suis un bon homme.*

Qui ? moi ? morveux ! Dans ma colère,
Je vais te prouver, sans pitié ,
Que le nez est un adversaire
Qui ne se mouche pas du pié.
      (*Après une réflxion.*)
Je me salis si je te touche..
Il vaut bien mieux nous séparer...
Et d'ailleurs , le nez et la bouche

Sont-ils faits pour se mesurer ?

La Bouche.

AIR : *Bon voyage, cher Dumollet.*

Bon voyage,
Mon cher voisin ;
Nous en ferons tous deux meilleur ménage.
Bon voyage,
Mon cher voisin ;
Loin l'un de l'autre on est toujours cousin.

Le Nez, se détachant, et lui tournant les talons

Tu vas savoir si du nez l'on se passe.

La Bouche.

Dans quel quartier vas-tu donc demeurer ?

Le Nez.

Je ne tiens pas une si grande place,
Que je ne trouve enfin où me fourrer.

La Bouche.

Bon voyage,
Mon cher voisin,
Nous en ferons tous deux meilleur ménage,
Bon voyage,
Mon cher voisin,
Loin l'un de l'autre on est toujours cousin.

(Le nez sort par une vitre cassée.)

La Bouche, se regardant.

AIR : *Ah ! maman, que je l'échappai belle !*

Oh ! grands dieux ! sans nez, que je suis laide !

J'ai tort, j'en conviens ;
Cher nez , reviens
Vite à mon aide...
Oh ! grands dieux ! sans nez , que je suis laide !
Je sens qu'en effet
La nature avait tout bien fait.

Le Nez, dehors, cherchant à se poser quelque
part.

Mais où donc faut-il que je me place ?
Mon œil étonné
Rencontre un né
Sur chaque face...
Mais où faut-il donc que je me plece ?
Où donc me jucher ?
Où me nicher ? où me percher ?

La Bouche, au désespoir.

Oh ! grands dieux ! sans nez , que je suis laide !
J'ai tort, j'en conviens ;
Cher nez , reviens
Vite à mon aide...
Oh ! grands dieux ! sans nez , que je suis laide !
Je sens qu'en effet
La nature avait tout bien fait.

Le Nez, un peu honteux, revenant prendre sa
première place.

Air : Qu'il pleuv', qu'il vent', qu'il tonne.

J' voulais faire un coup d' tête...

Mais, tout' réflexion faite,
Je reste où le destin m'a mis ;
Peut-être ailleurs serais-je pis.

Moi.

Air : *Aussitôt que la lumière.*

A ces mots ils s'embrassèrent
Et, se tenant par la main,
Tous les deux ils se jurèrent
Alliance, accord sans fin.
« C'est ainsi que sur la terre,
(Me dis-je alors en secret)
La discorde sait se taire
A la voix de l'intérêt. »

CONSOLATIONS DE LA VIEILLESSE

Air *du pas des* 3 Cousines (*dans la* Dansomanie.

Quand des ans la fleur printanière
S'effeuille sous les doigt du Temps,
Poursuivons gaîment la carrière ;
Un bel hiver vaut un printemps.

Pour moi l'impitoyable horloge
A soixante fois retenti ;
Mais s'il faut que l'amour déloge,

Momus n'est pas encor parti.
Quand des ans, etc.

　　　　ımais les couleurs de Rosine,
J'aime les couleurs du raisin ;
Je trinquais avec ma voisine,
Je m'enivre avec mon voisin.
Quand des ans, etc.

Chez moi plus de tendres missives,
Mais lorsque je veux rajeunir,
Je relis mes vieilles archives,
Et j'y retrouve un souvenir.
Quand des ans, etc.

Au sofa, trône des caresses,
Succède un couvert toujours mis ;
Au baisers de jeunes maîtresses,
La gaîté de bons vieux amis.
Quand des ans, etc.

A ma voix ma jument normande
Ne lutte plus avec le vent ;
Mais Pégase, que je gourmande,
Me désarçonne encor souvent.
Quand des ans, etc.

Sur le galoubet, en cadence,
J'aime parfois à m'exercer,
Et j'ai du moins, si je ne danse,

Le plaisir de faire danser.

Quand des ans , etc.
Si mon luth , sous ma main tremblante,
Ne produit plus que de vains sons ,
De ma fille la voix naissante
Rajeunit mes vieilles chansons.
Quand des ans , etc.

Quand je bronche en suivant des belles
Chloé rit et me montre au doigt ;
Mais sa mère eut de mes nouvelles ,
Et sait bien que je marchais droit,
Quand des ans , etc.

Hier , voulant tenter une intrigue ,
Tout à coup ma force expira ;
De ce soufflet , nouveau Rodrigue ,
C'est mon fils qui me vengera.
Quand des ans , etc.

Sachons donc de la destinée
Sous les fleurs amortir les coups ,
Et qu'à leur soixantième année ,
Nos enfants chantent comme nous :
Quand des ans la fleur printanière
S'effeuille sous les doigts du Temps ,
Poursuivons gaîment la carrière ,
Un bel hiver vaut un printemps.

L'ORIGINAL SANS COPIE.

Air : *Lon ! lon ! mariez-vous !*

Feu, feu
Monsieur Mathieu
Était un singulier homme ;
Feu, feu
Monsieur Mathieu
Était comme
On en voit peu.

Quoique maître d'un grand bien,
Et de famille fort bonne,
Il faisait souvent l'aumône,
Et ne devait jamais rien.
Feu, feu, etc.

D'un habit de camelot
Il avait pris la coutume,
Prétendant que le costume
Ne prouve pas ce qu'on vaut.
Feu, feu, etc.

Au joug de l'hymen soumis,
On l'a vu du fond de l'âme
Toujours préférer sa femme
A celles de ses amis.
Feu, feu, etc.

Enchanté de voir grandir
Ses trois garçons et sa fille,
Il promenait sa famille
Sans bâiller et sans rougir.
    Feu, feu, etc.

Il bravait avec mépris
Nos usages et nos modes,
Et c'était aux plus con modes
Que mon sot donnait le prix.
    Feu, feu, etc.

On le vit, lorsque des ans
Le poids vint courber sa tête,
A la *titus* la mieux faite
Préférer ses cheveux blancs.
    Feu, feu, etc.

Il s'avisa de rimer
Des morceaux dignes d'envie,
Et notre auteur, de sa vie,
N'osa se faire imprimer.
    Feu, feu, etc.

A la faveur comme au rang
Il croyait que le mérite
Devait conduire plus vite
Que l'apostille d'un grand.
    Feu, feu, etc.

Un jour on lui proposa
Un emploi considérable,
Et s'en jugeant incapable,
Sans regret il refusa.
  Feu , feu , etc.

Jamais ce fou , s'il en fut,
Ne voulut faire antichambre
Pour obtenir d'être membre
Du beau corps de l'Institut.
  Feu , feu , etc.

Aux honneurs il fut admis
Par je ne sais quel miracle ;
Et jamais sur le pinacle,
Il n'oublia ses amis.
  Feu , feu , etc.
Eh bien ! on le chérissait ;
Et malgré ses faux systèmes,
Il fut pleuré par ceux mêmes
Que sa mort enrichissait.
  Feu , feu ,
  Monsieur Mathieu
Était un singulier homme ;
  Feu , feu
  Monsieur Mathieu
  Était comme
 On en voit peu.

ON NE VIT QU'UNE FOIS.

Air : *Eh ! qu'est-c' qu' ça me fait à moi ?*

Loin de moi , censeur morose ,
Toujours prêt à découvrir
Le regret près du plaisir ,
L'épine près de la rose...
    J'aime mieux cette voix
Qui me dit : « Quoiqu'on en glose ,
    Aime , ris , chante et bois ;
Tu ne vivras qu'une fois. »

La morale en vain nous crie :
« Vivez de privation ,
Mourez de consomption ,
Vous aurez une autre vie. »
    Je ne cède et je ne crois
Qu'à ce cri de la folie :
    « Aime , ris , chante et bois ;
Tu ne vivras qu'une fois. »

Chaque hiver qui , de ses glaces ,
Venant attrister nos yeux ,
Ote à l'amant quelque feux ,
A la beauté quelques grâces ,
    Dit à l'homme : « Prévois
L'ennui qui suivra mes traces...

Aime , ris , chante et bois ,
Tu ne vivras qu'une fois »
Contemplez cette pendule
Dont l'aiguille , dans son cours,
Avançant toujours , toujours ,
Jamais , jamais ne recule...
  Son timbre est une voix
Qui vous dit : « Point de scrupule..
  Aime , ris , chante et bois ;
Tu ne vivras qu'une fois. »
Ce vieillard sur sa béquille
Avec peine s'appuyant ,
Et qui soupire en voyant
Passer une jeune fille...
  D'un air encor grivois ,
Semble dire à chaque drille :
  « Aime , ris , chante et bois ;
Tu ne vivras qu'une fois. »

Voyez-vous cet Esculape ,
Dont le docte et vain secours
Doit du banquet de vos jours
Bientôt enlever la nappe ?
  Il vous dit , comme aux rois :
« Avant, que chez toi je frappe ,
  Aime , ris , chante et bois ;
Tu ne vivras qu'une fois. »

Quand les foudres de la guerre,
A la voix de ces fléaux
Follement nommés héros,
Ont ravagé notre sphère,
   Que disent tant d'exploits
A ce qui reste sur terre ?
   « Aime, ris, chante et bois,
Tu ne vivras qu'une fois. »

Quand, par une grâce insigne,
A l'homme un Dieu bienfaiteur
Accorda des sens, un cœur,
Une compagne, une vigne,
   Il lui dit bien, je crois :
« Mortel, voilà ta consigne :
   Aime, ris, chante et bois
Tu ne vivras qu'une fois. »

Froid pédant, sache donc rire ;
Garçon, hâte-toi d'aimer ;
Fillette, apprends à charmer ;
Toi, secondant mon délire,
   O mon luth ! sous mes doigts,
Dis à tout ce qui respire :
   « Aime, ris, chante et bois ;
Tu ne vivras qu'une fois. »

LE PREMIER ET LE DERNIER AGE.

Air : *De la ronde du Camp de Grandpré.*

Si notre premier père
Coula des jours heureux ,
C'est que sur cette terre
Il sut borner ses vœux.
Or , la seule manière
De jouir ici-bas ,
C'est de ne jamais faire (*bis*)
Ce qu'Adam n'y fit pas. (*bis*)

Soumis à l'étiquette ,
Nous voyons chaque jour
L'homme armé d'une brette
Aux grands faire sa cour.
Ces visites d'usage
Ne donnent qu'embarras...
Plus libre et bien plus sage ,
Adam n'en faisait pas.

Dans l'ennui qui l'accable ,
Le riche tour à tour
Réunit à sa table
Vingt convives par jour ;
Et souvent sa ruine
Suit de près ces repas :

Modeste en sa cusine,
Adam n'invitait pas.

D'une plainte importune
Fatiguant le destin,
Pour fixer la fortune
Et tripler son butin,
L'extravagant expose
Tout son bien sur un as...
Content de peux de chose
Adam ne jouait pas.

Esclave de nos modes,
L'homme porte toujours
Des habits incommodes
Ou des souliers trop courts;
Son pantalon le gêne,
Il ne peut faire un pas...
Exempt de cette peine,
Adam n'en portait pas.

En se réveillant, l'homme
Ne serait pas content,
S'il ne savait pas comme
Le Grand-Turc est portant...
Des journaux, à la ronde,
Il parcourt le fatras :
Se mêlant peu du monde,
Adam n'en lisait pas.

L'homme qui toujours n'aime
Que ce qui vient de loin ,
Dans sa manie extrême
Éprouve le besoin ,
Le désir invincible
Des cafés , des tabacs...
Et , si j'en crois la Bible ,
Adam n'en prenait pas.

L'homme , à sa renommée
Immolant son repos ,
Pour un peu de fumée
Se consume en travaux ;
L'Institut , qu'il assiége ,
Déjà lui tend les bras...
Dormant fort bien sans siége ,
Adam n'en était pas.

Mais j'entends la cabale
Me dire avec raison :
« Au rocher de Cancale
Tu fis mainte chanson ;
Il est temps de se taire...
Car mon cher , tu sauras
Qu'Adam ne chantait guère ,
Qu'Adam ne rimait pas. »

TABLE.

www.ingramcontent.com/pod-product-compliance
Lightning Source LLC
Chambersburg PA
CBHW060432260626
47161CB00005B/1885